文春文庫

老いてこそ上機嫌

田辺聖子

文藝春秋

古き手わざ——はじめに

田辺聖子

私は、人間の最上の徳は、人に対して上機嫌で接することと思っている。しかしこれは中々にむつかしい。相手の許容能力にもよるし、性格にもよる。上機嫌の登場方法にもよろうし、生育文化の質にもよろう。商人世界の雰囲気と、全く異質の職業集団によっても、色合はがらりとちがうものだ。

私は大阪生まれの大阪育ち、生家は町の写真館で、祖父・父・叔父たちもみな写真師、店で働く青年たちも、それぞれ地方の写真館の子息たちで、大阪への修行に来ている人たちだった。

写真師、という職業は、いまから思うと、特別なるものであるように思われる。戦前のことゆえ、衣服をあらためて写真館へおもむく、――ということは、一家、一族の、晴れの姿を、永久に一族のために残すべき慶事なのであった。されば老人から童子に至るまで緊張感でつっぱって、写真館の物々しい機械の前に、かたくなる。戦前の大衆は、写真館に馴れていない。それを手馴れた写真師は、かるい言葉でふだんの気分にもどし、リラックスした表情と少しばかりの緊張感で、みごとな〈よそゆき顔〉にする。各人それぞれの持てる、いちばんよりよい表情にさせ、みなの緊張が美しく和合し合い、心も寄り添った一瞬、シャッターは切られるのである。

そういう場面の、その手の写真をよく見た。古い写真館の娘である私は、人々の緊張の表情とともに、反対に、一同が緊張を解いて、リラックスした、たのしい安堵の表情の写真も見た。幼なごころにも、殊に好きだったのは、幼な子の初節句などの寄合いで、赤子をかこむ家族たちの、輝くような笑顔だった。

いま、年を重ねた私は、歳月を経て、人生を重ねた人々の面輪《おもわ》に、深い共感と、愛を感じずにはいられない。たくさんの人々の面影を写すのを習いとした家の子に生まれ、いま、私は、写真でなく、文でもって、その、面《おも》ざしかきとどめる仕事に、はからずもついていた――ということになろうか。――それにしては、技のまだまだ拙《つたな》いのが心もとない。祖父や父たちの打ちこんだ、人々の面影をとどめる写真を見つつ、わがわざの、いまだつたなきを、かえりみるのみ、である。

『老いてこそ上機嫌』もくじ

楽しく老いる

老婦人のプライドと自立

自立老人のススメ

古老の生き方

幸福を味わいつくす知恵

仕事を仕上げていく、ということ

人間関係の最高の文化

夫婦の糸をつなぐ

苦しみ、悲しみを乗り換える知恵

この道、ぬけられます

子育てに迷ったら

老いに向うとき

老いてこそ上機嫌

楽しく老いる

くやしかったら、生きてみぃ

このごろのありがたさは、どんな席へいっても最年長であることだ。もっとも、今日びの人間、年長者だから年寄りだからと敬う風は全く地を払っており、八十だろうが九十だろうが屁《へ》とも思っておらぬ。トシだけでは人を恐れ入らせることは出来なくなった。

気魄《きはく》である。

気魄で言い負かし、くやしかったら八十年生きてみぃ、といえばよい。

『姥《うば》勝手』

老いることに絶望しない

私は人より鈍いせいか、あるいはまだ元気なせいか、老いることに絶望していない。あと二十年生きたらどうだろう？　しかしひょっとして、二十年後も私は同じではないかという気がする。

『ほととぎすを待ちながら』

トシヨリの想像力たくましく

トシとってからのいいところは、かく、想像力がたくましくなる点である。想像力が具備しなければ、トシヨリの一人世帯は張っていけない。

『姥《うば》ざかり』

老いのたのしみでなくてなんであろう

人間に対する知識が深まってくるというのは、老いのたのしみでなくてなんであろう。

『乗り換えの多い旅』

老いをゆたかにする

人は、子をもたぬとき、老いをおそれる。というのは、人は、子の若さで、老いを忘れ、自分も若返るように思うのである。しかし、子は老いのスベリドメにならない。本人は、やはり老いてゆくのだ。

子供で老いを忘れようとするより、充実して老いをゆたかにすることである。つまり、老いても、楽しい何かをもっている、そんな女なら、子をもたずにたのしい目を多くみることもできるであろう。

『篭《かご》にりんご テーブルにお茶…』

子供をもたぬたのしみ

子供をもたぬたのしみの一つに、身軽さがある。どこへでもいける、時間を自由に使えるというのは、これは、無為に生きている人間には拷問《ごうもん》であるが、人生が充実している人には、すばらしいおくりものである。

『篭《かご》にりんご テーブルにお茶…』

人を傷つけること

人間、年をとると「人を傷つけること」の何たるかがわかってくるのである。

『女が愛に生きるとき』

チエの重さ

年老いても、体も心も若さを失わぬ人が間々《まま》あるが、ただそういう人も、若いときに比べるとはかり知れぬほどのチエをたくさん身につけている、だから若いときのままではない。チエの重さもいつとなく、だんだんに増えていくのであって、若さから老いへの過程は、明確な区切りがない。老いとは何と人間らしいものであろう。

『田辺聖子全集24「引退について」』

「驚かされたい」という気分

私がはかない物あつめをするのは、「驚かされたい」という気分があるからだ。ガラスの靴の光彩陸離《りくり》、私は眼がちかちかして、靴がタカラモノになるという発想に、おどろいているのだ。靴をてのひらにつつんで撫で、賞玩するという自在な観念の飛躍に、あたまのなかを洗滌《せんじょう》された気がしているのである。

『手のなかの虹』

気持よくトシとる

人間はこの世に生きている限り、楽しく過さなければ。それも、まわりの人をも楽しませ、人を扶《たす》けたり扶けられたりして仲よくしつつ、みんなで気持よくトシとる、ということに尽きるように思う。

『田辺聖子全集24「中流ニンゲン」』

好奇心むらむら

好奇心むらむら、ということが一ばん女にはたいせつである。女の幸福は、男のひとに対して、好奇心むらむら、という状態でいられるときであるように思われる。そして、女に生まれたら、終生、おばあちゃんになるまで、好奇心むらむらでいたいものだ。

『篭《かご》にりんご テーブルにお茶…』

老婦人のプライドと自立

老婦人は貴婦人、群れること無用

「熟年は和して同ぜず、若輩は同じて和せず」である。老婦人は貴婦人でもあらねばならぬ。群れること無用、一人をたのしみ、かつ、それでいてみんなで仲よく……というのがよい。

『姥《うば》ときめき』

消極的ないい方が気にくわない

ほんというと、私は「茶飲み友達」といういじましい消極的ないい方が気にくわないのだ。まるでトシヨリ扱いだ。トシヨリは茶を飲んでりゃいい、というのか。枯淡が洋服着たようなのがトシヨリだと、なぜきめるのかねえ。トシヨリに茶は出合いものと、誰がきめたのだ。オール日本人、お茶屋のまわしものか、茶道家元のPR屋としか思えない。べつにお茶をのまなくても仲よしになれるのだ。

『姥《うば》ざかり』

そこなうことのできぬ美しさ

歳月も年齢も、その人をそこなうことのできぬ美しさ、というものはあるのだった。

『田辺聖子長篇全集7「私的生活」』

気分花やぐ

老いると、口紅・頬紅が大切な化粧道具である。紅おしろいというが、白粉《おしろい》ものらない肌《はだ》になっても、紅だけつけていれば、気分は花やぐ。お肌の手入れは、七十すぎてこそ、よけい必要なもの、口紅の数も老いてこそ、多くあらまほしいもの、若いオナゴは、唇の上下をきゅっと引きむすび、ムギュムギュとするだけで、きれいな色になるのだから、若いものが化粧品を数多く持つなんて阿呆《あほ》の骨頂、要らざる費《つい》えというものであろう。

『姥《うば》うかれ』

老婦人の粋を心得るべき

今日は銀ねず色のシルクのブラウス、衿《えり》につつましいフリルがあるもの、それに象牙色《ぞうげいろ》の麻のスーツという、いでたちである。プラチナのチェーンだけを飾ることにする。これはイヤリングもブレスレットもおそろいであるのだが、老婦人の粋《いき》というものは、みんなつけると、かえって野暮になると心得るべきである。

『姥《うば》ときめき』

〈女らしさ〉という華やぎ

容貌の花はうつろい、香は消えうせても、〈女らしさ〉という華やぎはいつまでも消えやらぬものである。

『女が愛に生きるとき』

世間の偏見に対抗する

一人ぐらしの哀れな老人、という世間の偏見に対抗するためにも、最新流行の洋服を身にまとい、きちんとしていなくてはいけない。真珠《しんじゅ》やダイヤの指輪《ゆびわ》を無雑作に指にはめていなくては安っぽく見られてしまう。

『姥《うば》ざかり』

女の本当の賢さ

女の本当の賢さは、美しく年をとる法について自分なりの識見を持ちプランを立てておくことではなかろうか。

『女が愛に生きるとき』

若さ・美貌・才気の乗り換え

若さ・美貌・才気などというものも、一生持ちつづけて終点へ到着できると、いちばんいいのだが、こういうのは、わりに早く乗り換えの駅がくる、また、こういうのに乗ってる人ほど、乗り換え駅に気付かないのだ。つい一本の線にしがみついていて、乗り換えるべき駅がきても下りようとしない。そのうち電車は停まり、あたりは暗闇、しまった、さっきの駅で乗り換えるべきであった、と気付いてもおそい、ということになる。

『乗り換えの多い旅』

おしゃれごころ

おしゃれごころは生あるかぎり、女の人生を燃えたたせます。いつまでも若々しい心のままに……そして新しい挑戦の人生がひらけます。

『姥《うば》うかれ』

プライドと自立を守るために

女と年寄りは金の要るもの、ましてや、女であって年寄り、という存在は、人一ばい金が要る。

なんのために？

プライドと自立を守るためである。

八十になって、ヒトに（息子も含む）ああせい、こうせい、と指図を受けなくてもすむように生きるため、である。〈女は幼なくして親に従い、嫁《か》しては夫に従い、老いては子に従うべし〉という、〝女の三従《さんじゅう》の教え〟など、くそくらえ！　である。

『姥《うば》勝手』

自立老人のススメ

あんぽんたん

私のマンションには、金目の家具があり、玄関にはヨーロッパ旅行のときのヴェニスでの私の写真が掲げてあるなど、いかにも富裕かつ優雅な暮らしの匂いがただよっているはず、一見してそれらはわかる人にはわかるであろうのに、安ポリときたら、一人ぐらしの老女というだけで、ただもう、見当はずれな同情とみせかけのヒューマニズムで「淋しいでしょう」などというのだ。あんぽんたん。

『姥《うば》ざかり』

ボケない要素

ひょいと私は気付いたのだが（いや、かねて思っていることを、思い出したのであるが）、嫁たちと言い合いになり、ああいえばこういい、こういえばああいい返す、そういう腹立ちの気力・ファイトが、ボケない要素かもしれぬ。

『姥《うば》ざかり』

自立老人

自立老人だけが「お誘い電話」をかけられるのである。経済的、精神的、肉体的にひとりだちできる老人だけが、

「ちょっと遊びにおいで下さい」

と誘えるのである。

「お伺い電話」ばかりの老年男女を見ると、自分の部屋もなく、娘や嫁や孫に

気がねするという環境にある人が多くて気の毒である。

しかしそれ以上に、何よりも気概がないから人を招《よ》べないのではあるまいか。

「自分の領土に、客を迎える領主」の気概である。

客を迎えるというのは、自分が主になり柱になることなので、ぐうたらや未熟ものではつとまらぬわけである。

気概のない人間は、自分が人を招ぶより、人に招ばれ客となって大切に扱われたがるのであるらしい。


『姥《うば》ざかり』

喫茶店にひとりで入る

喫茶店にひとりで入るというのも、時には必要なことである。私はいろんな店へひとりでふらりと入って食べることが多いので、わりあい慣れているが、年輩者の女には、飲食店へひとりで入れない、というのがかなりいる。

『姥《うば》ときめき』

ボケる、ボケない

ボケる、ボケないは神サンの――ひいては運命の神、どこに、どんな顔しているのかわからぬモヤモヤした神サン、モヤモヤさんの胸三寸にあること、人力ではどうしようもない。

『姥《うば》ざかり』

言い負かす

誰や、「言い負けておくとあと味の茶がうまい」などと偽善をいうのは。そういうのは、棺桶《かんおけ》へ片足どころか首までつかってる人がいうこと、私ゃとてもそんな気にはなれない。

私は嫁を言い負かして満ち足りた気分で、アップルティーを淹《い》れる。

『姥《うば》うかれ』

今こそ立て、老親たちよ

今こそ立て、老親たちよ、積み重ねた年輪のパワーを奮い起して、身勝手であつかましくエゴむき出しの不埒《ふらち》な子供らを逆襲せよ！　したい放題、しまくったらエエねン、それで子供らをちっとは困らしたらエエねン。

『姥《うば》うかれ』

取るに足らぬ些事は考えない

私はこのごろ、ただいまの心境にぴったり、という、フレーズを思いついたからだ。それは何か。

〈コンマ以下は切り捨て〉というのである。コンマ以下とはなんぞ。人の世の、もろもろの下らぬことである。取るに足らぬ些事《さじ》はもう、考えないということだ。

『姥《うば》勝手』

コンマ以下は切り捨て

私はとたんに元気になる。あ、今日も一日、コンマ以下のことは切り捨てて、しっかり、人生を楽しもう……と思うのである。

『姥《うば》勝手』

一人ぐらしの用心

一人ぐらしの私がもっとも注意していることは、犯罪に対する用心である。

もちろん、健康についても用心するに越したことはないが、これはまあ、寿命の関係、神のおぼしめしの具合で、わが努力ではいかんともしがたいところがある。

しかし防犯ということについていえば、かなりの部分、こちらの配慮に負うところがあるので、いつも心がけているつもりである。

『姥《うば》ざかり』

心をゆるめず

士はおのれを知るもののために死に、女はおのれを喜ぶもののために化粧をするそうだが、こういう人がなくちゃ、私も長生きしてる甲斐《かい》がない。そしてまた、このためにこそ、私はいつも外へ出るとき、きちんと心をゆるめず、身づくろいしているのだ。

『姥《うば》ざかり』

ヒトリ暮らしというのは

ヒトリ暮らしというのは、あんがいいそがしいものである。

『姥《うば》ざかり』

古老の生き方

人生に甘えない

浦井は老いの日々を、
〈薄氷《はくひょう》をふむ〉
ように生きよう、と決意している。
それは人生に甘えたり、傲慢《ごうまん》になったり、しないことである。
それを、〈薄氷をふむ〉という言葉で表現しているのだ。

『ずぼら』

神サンへの甘えや

私はかねてポックリ寺詣りが気にくわぬ。
死にかたを指定するのは、モヤモヤ……いや、神サンへの甘えや。そこまで
面倒みてくれはらへん、神サン仏サンも忙しいのやから。

『姥《うば》ときめき』

トシヨリと十把ひとからげにするな

トシヨリ、トシヨリ、と二タ言めにいうのが気に喰《く》わぬ。こう見えても私ゃフツウのバアサンではないつもりだ。そんじょそこらのトシヨリと十把《じっぱ》ひとからげにしないでほしい。

『姥《うば》うかれ』

世の中、アホが多いのだ

フツーの人間がいうたらいかんことでも、八十の人間なればもう、よろしかろう。私はこのごろになって、気持のスカッとするフレーズを発見した。

（アホは死んだらエエねん）

というのである。

もう、どうしようもない。世の中、アホが多いのだ。

『姥《うば》勝手』

無邪気にかわいらしく、素直に

私も、二十年先も、無邪気にかわいらしく、素直に毎日を楽しめるようでありたいもの、しかしそれは一朝一夕に到達できる心境ではないので、今から日々を惜しんでそういう生き方に馴染《なじ》んでおかねばならぬ。

『姥《うば》うかれ』

老婦人にいちばん必要なもの

いちばん老婦人にとって必要なのは、
「私はこれが好き」
というものがあることである。おしゃれも一朝一夕にはできない。また、お
金さえあればいい、というものではないからそこが楽しい。

『姥《うば》うかれ』

古老というもの

古老というものは、いろんなタブーを若者に教える存在である。

『乗り換えの多い旅』

力まない

よく世間には若い人には負けぬ、と力んでいる老人がいるが、私は（負けたかて、エエやないか）と不思議である。後輩が先輩を追い越していくのは世のならいである。そんなことを気にしていてもはじまらない。

『ほととぎすを待ちながら』

最も適切な美容法・健康法

われわれの世代であると、美しく身じまいし、日に焼けぬよう首にはスカーフを巻き、レースの手袋をはめて町へ出かける、これがたいへんな運動になる。駅の階段の昇り降り、バスの乗り降り、町の人々の視線にさらされる、すべて緊張を強いられるので、これが最も適切な美容法であり健康法である。

『姥《うば》ざかり』

いやなこと八九パーセント、いいこと一一パーセント

しかし、いやなこと八九パーセント、いいこと一一パーセント位で成り立っているのが（その割合はあくまで平三の主観である）男の人生である。

『田辺聖子長篇全集3「求婚旅行（下）」』

多きを求めない

それにしても、このごろの人間は、人に多きを求めすぎるのではなかろうか。人と人が心をつなぎ合せ、仲よくするというのは、相手の好意をむさぼることではないし、相手の欲しないものを好意と思って押しつけることでもない。

『星を撒《ま》く』

辞去のタイミング

人をとりまく状況はいつも変化しつづけるが、ことに幸福や楽しいこと、嬉《うれ》しいことは変質しやすい。変質しないうちに辞去する、というのが理想的なときもある。

『星を撒《ま》く』

ホンマの人間のすること

毎日、「このごとく　あらしたぼれ」歌うて、機嫌ようイビキかいて寝てしまうのが、ホンマの人間のすることです。

『田辺聖子長篇全集14「浜辺先生　町を行く」』

幸福を味わいつくす知恵

かわいがられるだけでは幸せは半分である

人にかわいがられる、ということは、男・女ともに幸福な徳性だが、かわいがられるだけでは人生の幸せは半分しか味わえない。
自分が他の人をかわいがることができなければいけない。女が、子供を産み、その子をかわいがるのは、生物的な必然で、そういうのも幸せの一つではあろうが、社会に生きてる以上、女がかわいがるのは子供だけであってはならない。

『田辺聖子全集24「女の子の育てかたは」』

真に教養のある人とは

私はユーモアというのは、やさしさ、思いやり、ということだと思っている。そういうものをもっている人をこそ、真に教養ある人というものだから、ユーモアと教養を結びつけてもよい。

『田辺聖子全集17「姥《うば》なぜ」』

小説をよむ法悦

小説の中で自分の好きな人間に出あったとき、人は、それが物語ということを忘れて、現実感をもち、愛し、恋せずには、いられなくなる。小説をよむ法悦というのは、そういうことだ。

そのとき、心のひだもふかくなり、いろんな感情のかけひき、やりとりにたけてくる。人の心のふしぎさを学ぶ。

『篭《かご》にりんご テーブルにお茶…』

ホンネをしゃべれるのは実力あればこそ

たのしいホンネを語り合えるというのは人生の大きい快楽で、ただホンネをたのしくしゃべれるのは、自分の人生が充実して実力あればこそ、できるということ。

『星を撒《ま》く』

「コトバのゴテゴテ」はあるほうがいい

シンプル対ゴテゴテ、これは各人の好みであろうけれど、人間の世の面白み、という点からいえば、「コトバのゴテゴテ」がなるべくあるほうがいい。シンプル好きは、それが嵩《こう》じると、あまりに愛想がなくなって、そっけない人生になってしまう。

『乗り換えの多い旅』

「ゴテゴテ」も、人生の面白さ

「邪魔になっていかん」

という一刀両断の表現は、オトナの文化と思えない。そこへくると、「あのなあ、よう、わかったよってに、この花、のけてもらわれへんやろか」

という懇切ていねいな会話こそ、オトナの文化だという気がする。私としては、シンプルに何もないのよりは、ゴテゴテと花を飾り、花のあいだに皿やお箸があるというのも好きだし、「邪魔になる」の代りに「もう、ようわかったよってに」などといって相手をも楽しませる、「コトバのゴテゴテ」も、人生の面白さみたいな気がする。

『乗り換えの多い旅』

若い子としゃべる利点

若い子としゃべってると、シャクにさわることもあるけど、でも、人生の地図に、自分の、「現在位置」の赤マルのシルシをつけてくれるときもあるからバカにできない。

『風をください』

自分の位置測定

「あのな、ヒマがあったとき、自分史、いうもん作ってみ。あれは一人で楽しめるデ。上の段にその年、自分の人生に起ったことを書く。下の段に、日本や世界で起った事件、重要事件でも社会面の大きいニュースでもええ、そういうものを書きこむ。これ、おもしろいよ。それに、自分の位置測定の手がかりにもなるしねえ」

『ダンスと空想』

根本は楽しく住むため

家を美しくととのえるのも手芸品を飾りたてるのも、根本は何かというと、楽しく住むためであるから、住んでいる人が楽しく感じなければ、清潔も整頓も、無意味である。

『女が愛に生きるとき』

賭けてみる、という冒険心

誰だって、未知の運命にとびこむには勇気がいりますよ。賭けてみる、という冒険心や夢がなければ、新しい生活を開拓してゆくことはできやしない。

『女が愛に生きるとき』

「いい食事」には二つの柱がある

食事を楽しくするには、まず、気楽に食べられるということ。食事の内容をたのしみつつ、かつ、おしゃべりを娯《たの》しむという、この二つの柱があると「いい食事」といえる。

『星を撒《ま》く』

心しずかに、ひとくち、ひとすすり、ひらひらと

私は、ほんのちょっぴりのものを、美しい食器で食べるのがいい。うすくて透けるような、繊細な清水焼の、清らかなもの。そのお茶碗に、ひとくちの御飯。

五勺の日本酒に、ヒラメのエンガワなんかのお刺身。灰若布《はいわかめ》を水にもどして、さっと、しらす干しなんかと二杯酢で和《あ》えたもの。冬なら、かぶら蒸しとか、そういうもので、五勺の日本酒をゆっくり、たのしむ。

ときどき、ベランダの鉢から、花のつぼみをとって来て、箸枕《はしまくら》にしたり、菊の花を摘んで、おひたしにしてみたり。

それらを心しずかに、ひとくち、ひとすすり、しつつ食べる。ひらひらと食べる。

『姥《うば》ざかり』

花も木も、人間にとって、最良の伴侶である

花も木も、人間にとって、最良の伴侶《はんりょ》である。植木いじりは昔から、年寄りの仕事ときまっているが、花や木を愛する人は、生涯《しょうがい》、たくさんのタカラモノを、心の内にたくわえる。

『篭《かご》にりんごテーブルにお茶…』

仕事を仕上げていく、ということ

人生は、乗り換えの多い旅

本人は一生けんめいやっているつもりなのに、能率が上らなくなった。昔と同じような時間を使い、孜々《しし》とはげんでいるのに、同じような成果が上らない。トシだ、と思っていたが、この間ハタと考えた。

これはもう、乗り換え駅がきたのだ。

つまり、今までの列車に乗っていたのでは、だめなんである。それを下りて、別の電車に乗り換える必要が生じたのだ。けんめいに仕事をしても、なかなか能率のあがらない、成果が目にみえないという状態。それならそれで、時間を多く取る、とか、のんびりあせらずすすめるとかいう、今までとちがうやりかた、つまり別の電車に乗るべきなのだ。それを私は、「乗り換え」といっている。人生の電車は、たいへん、乗り換えの多い旅なのかもしれない。

『乗り換えの多い旅』

グチを吐く人はまだ甘い

本当をいうと、グチを吐く人はまだ甘い環境なのである。
ほんとうに、たいへんな場で生きてる人は、グチも出ないのである。

『田辺聖子長篇全集2「求婚旅行（上）」』

自信まで失くしてしもたら、あかんよ

「自分には、それだけの何かがある、という自信まで失くしてしもたら、あかんよ」

『田辺聖子長篇全集3「求婚旅行（下）」』

美人性は伝染する

仕事を一生けんめいして、丈夫で「よく笑う」女の子は、抛《ほ》っておいても美人になってくることを発見した。

そうしてその美人性は伝染する。

ウイルスのように、とびかかってくる。まわりの人間を染めてしまう。金米《コンペイ》糖《トー》のタネみたいなのが一粒あれば、美人はどんどんふえてふくれていくわけ。


『ダンスと空想』

生きるきらめきは、自分独りで発掘していく

出版社が、あなたに長く書け、とすすめたのは、そのつもりやない、と思うのよ。あなた自身の人生から滴《したた》りおちる、美しい滴《しずく》いうか、そんなもんのきらめきを発見したからや、思うわ。そんなきらめきは、自分独りで発掘していくもんやわ。――それに、そのきらめきを作ってくれたのは、つまり、あなたの人生を作ってくれた人、旦那さんや子供さんよ。その根本を忘れて本末転倒したらダメやと思うなあ。

『田辺聖子長篇全集2「求婚旅行（上）」』

だましだまし精神

「だましだまし精神」。これは謀略譎詐《けつさ》を指すのではなくて、白か黒かどっちかにきめつけず、何とか均衡を保ちつつ、あるいは故障か傷心かに、致命的打撃を与えずに「よしよし、いい子だ、いい子だ……もうちょっとだ、よしよし、もうそこ、だからもうちょっとがんばれよ」などと、すかしたり、あやしたりしながら目的を達成する、あるいは目的地点へ到達する、そういう精神風土を「だましだまし」というのであるが、何だかそんなものがある。

『乗り換えの多い旅』

仕事は、悪魔的な決断力を要する

「主婦」が「人間」に変身するとき、その引金となるのは、ある種の悪魔的な決断力である。昭子は、それは女の中にひそむ、男性的な要素だと思っている。何か仕事を始めようとする主婦は、足を引きずるもろもろの煩悩や、女くさい配慮、気がかりを、断乎として一蹴するぐらいの強さがなくては、かなわない。そうでなければ何をはじめても、元の杢《もく》あみになってしまう。

『田辺聖子長篇全集2「求婚旅行（上）」』

仕事を仕上げていく、ということ

「仕事を一つ仕上げていく、ということは、これはどの商売でも同じやと思うがね、途中で周囲のいうことに、いちいち耳かたむけて、どの意見もとり入れよう、なんて考えてたら、結局、収拾つかんようになるよ」

『田辺聖子長篇全集3「求婚旅行（下）」』

自分のペースを守ること

「ま、何やかやいわれても、自分のペースを守ること、ですね。仕事だけでなく、人生の……。つまらん用事は断わりなさいよ」

『田辺聖子長篇全集２「求婚旅行（上）」』

物事の本質をみぬく

物事の本質をみぬく、そしたらそこだけをじィーっとみつめて、あとのことは抛《ほ》ったらかしにしとけばいい。

だのに、世の人は大かた、物ごとの本質より、そこから派生した瑣末《さまつ》な、小さなことにこだわり、しまいにそれに捉《とら》われすぎて、本来の大事なことがみえなくなってしまう、それは、おろかしいことだ、と笹原サンはいう。

『孤独な夜のココア』

出すべき処だけ、出せばいい

たくさんの義理の仲の人間あいてに暮らすときは、自我があっては衝突になってしまう。

私は、自我定期券説である。

定期券を改札口で出してみせるように、出すべき処だけ、自我を出せばいいのであって、いつもいつも出してみせびらかすものではない。

『田辺聖子長篇全集14「浜辺先生 町を行く」』

スイッチを切ったり入れたり

人間、あんまり本心に立ちかえってマジメになると、非常にやりにくい。適当にスイッチを切ったり入れたりすることも大切だ。適当に気楽にしよう。

『夜あけのさよなら』

それでなければつづかない

この人生では、人はけんめいに仕事をおぼえたり、働いたり、子どもを育てたりしなければいけないが、他の部分ではその緊張をとり返して手を抜いたり楽しんだり、しなくてはならない。それでなければつづかない。

『女が愛に生きるとき』

どっちつかずでもよいのである

結婚すると、仕事とは両立しない、となやんでいる若いお嬢さんが多いが、そのどれ一つだって、完全にできた人は、昔からほんのかぞえるだけで、双方、どっちつかずでもよいのである。完全主義になろうとするから、なやむのであって、十の力を五つずつ分配すれば双方たのしむことができる。十の力をどっちにも振り向けて、二十の力になろうと力むから破綻《はたん》がくるのである。

『篭《かご》にりんご テーブルにお茶…』

人間関係の最高の文化

あとで間がわるくならないように

人間関係というのは要するに、あとで顔を合して間がわるくならないようにするのが最高のつきあいかただ。
そういう技術をユーモアというのかもしれない。

『篭《かご》にりんご テーブルにお茶…』

返事のしやすいように

すべて、人と人の会話というものは、相手が返事のしやすいようにしゃべるべきである。

『篭《かご》にりんごテーブルにお茶…』

「あくる日にあえる」

処世——、世わたり……それは、人間関係の巧拙《こうせつ》につきるのだ。

そして人間関係というのはつまり、

「あくる日にあえる」

ということにつきるのだ。


『田辺聖子長篇全集2「求婚旅行（上）」』

人間関係の面白いところ

甘えというのは、本来は、愛することと、同義語ではないのか。ほんとうに愛していれば、甘えずにはいられない。相手の好意や愛を喜んで受け、それによりかからずにはいられない。

甘えるのは、相手の愛が信じられるからである。

それに狎《な》れて無茶をいってはいけない。それは、こちらも、愛してれば、いうはずがない。

しかしときどき、無茶を通したくなるときもある。

そこらへんが、人間関係の面白いところである。

『篭《かご》にりんごテーブルにお茶…』

気の廻し方をかしこく、上手に

気の廻し方をかしこく、上手に廻すこと。
それから、目を廻しても気を廻してはいけない場合、それは長く生涯を共にする人との人間関係である。私は人間の善意を信じて生きてゆかなければ、どうしようもない気がする。

『女が愛に生きるとき』

良質の機智《エスプリ》は沈黙にある

私は人間の会話というものは、やたらぽんぽん、手妻《てづま》使いのように飛び交うものではないと思う。気の利いたことをみせあうのもいいけれど、私はそれは、ようく知り合った古い友達のあいだでなければ、礼儀にはずれるような気もする。良質の機智《エスプリ》は、沈黙にあることもある。

『田辺聖子長篇全集7「私的生活」』

点と点のつきあい

私はこのごろ、こう思う。

人は、点と点のつきあいでよいのだ。

全貌くまなく捉える線のつきあいでなくともよいのだ。自分にとっての、「その人」というだけでよいのではないか。

小さい一点だけの「真」でよい、それを通しての人として捉えるのがよい。

だから私にとってはいい人であっても、他の人にはよからぬ人ということもあろうし、その反対の場合もあるだろう。

反対の場合もあると知りつつ、私は点の部分で、その人をいとおしみ、親しんでいくであろう。


『乗り換えの多い旅』

抛っとく親切

私は、ベタベタする親切はきらいで、抛っとくのが親切だと思うことが多い。私は、おせっかい焼きや出しゃばりが、あまりにもしばしば、親切と思いこまれやすい世間の風習に、いやになることがある。

『田辺聖子長篇全集7「私的生活」』

元気の光源になれるような人

元気は伝染する。
元気の光源になれるような人は、どんなに年をとっていても、少女であり、少年である。

『姥《うば》うかれ』

人は何によって生きるか？

私は恥ずかしいことだが、七十八のこのトシになって、（人は何に支えられて生きていけるのか？）ということの、ほんの一端がわかったような気がする。

人は何によって生きるか？

キリストはんは、ちゃんと、パンのみにて生きるにあらず、とおっしゃっている。人は愛によって生きるという教えだったと思う。

たしかに、人と人をつなぐ愛がなくては、この人生、砂を噛《か》むように味気ないことであろう。


『姥《うば》うかれ』

最高の文化とは

「僕はまた、血イのつながらへん者どうしが、仲よう家族みたいにしてる、いうのこそ、最高の文化や、思いますけどねえ……」

『ダンスと空想』

心の土地をよく手入れして

うまく話がかみあうためには、ふだんから、心の土地がよく手入れされていなければいけない。手入れもせず肥料も水も与えない、痩《や》せて乾いた瓦礫《がれき》の上には、種を播《ま》いても花は育たないのだ。

『田辺聖子長篇全集3「求婚旅行（下）」』

〈合ったり〉という精神

助け合ったり、それから支え合ったり励まし合ったり、いたわり合ったりという、この〈合ったり〉という精神が、これが人間の脳をもっともっと拓《ひら》かせて、そして人間の気持を大きくさせていくことではないか。大地震を経験するたびに人間たちは温かくなっていった。震災を知るたびに人間はやさしくなっていった、そういうふうにもっと後の人たちが言ってくれるようになれば、私たちの人生は生きやすいし、どんな地震があっても、みんな怖がらなくて済むんじゃないかと、そんな風に考えたりいたします。

『田辺聖子全集24「ナンギやけれど……」』

夫婦の糸をつなぐ

最後の糸はユーモアでつなぐ

二度とあわない仇敵《きゅうてき》なら宣戦布告してもよいが、恋人や夫だと、明日もまた会わなければいけない。最後の糸はつないでおかなくては。

糸をつないでおくことを、ユーモアともいう。

こうして自分でいろいろな勝手な定義をくっつけるのを、ユーモアともいう。

だから百人には百様《よう》の定義のあるのを、ユーモアともいう。

そうして、こんなことを考えてユーモアの研究をしているのこそ、最も、ユーモアに遠いことである。

説教したり、示唆《しさ》をあたえたり、指図《さしず》したり、することもユーモアから遠いことである。

『篭《かご》にりんご テーブルにお茶…』

結婚生活の要諦

結婚生活の要諦《ようてい》は、「あんたが大将」と相手にいわせることである。

『ブス愚痴録』

夫と妻の仲

どうも結婚生活もパチンコに似ている。すっかりすってもうあかんと投げ出したときに、思いがけず玉がなだれ落ちてくる、しめたと心をとり直して調子よく打っていると、これがつるべ打ちに当り、玉がいっぱいでて有頂天となる。もう無我夢中でたのしく打っていると、またいつしかすってんてんになって、淋しく最後の一個を打ち、あきらめて踵《きびす》を返そうとしたとたん、「大珠小珠、玉盤に落つ」じゃらじゃらじゃらと、派手にこぼれおち、あわてて拾い集めたりして、また浮かれて口笛吹いてつづける、といった、いつまでも離れられない腐れ縁というか、まあそういうと、たいがいのものはパチンコに似ているが、夫と妻の仲も、そんなものであろう。

『田辺聖子長篇全集2「求婚旅行（上）」』

押したり引いたりの呼吸

ふつうの、なんでもない話が、いつかあやしい雲行きに変るように、また、ケンカがいつのまにか笑いばなしになっている。それは、二人のあいだに、おのずと平衡感覚があって、押したり引いたりの呼吸が合うからであろう。

『田辺聖子長篇全集２「求婚旅行（上）」』

いっしょにいて楽しいか苦痛か

手芸の妙手だろうと、実家のしつけが上等だろうと、学歴があろうと、財閥の娘だろうと、共に住む相棒としては、いっしょにいて楽しいか苦痛か、の分類しかない。

『女が愛に生きるとき』

あやふやな一点を保ちつづける

夫婦というものはバランスの問題だと、ある作家が言ったが、全くその通りで、片方が沈めば片方が浮き上り、たえず、あやふやな一点を保ちつづけなければならない。

『田辺聖子長篇全集3「求婚旅行（下）」』

上手にたのしくケンカする

「夫婦ゲンカというのは、単に、争うだけとちがいますわね。それなら、いがみ合いにすぎませんわ」

「夫婦は、切れない絆《きずな》でつながれているのですから、上手にたのしくケンカいたしませんと。その条件の一つは、相手の逃げ道を断たないこと、ですわね。ぎゅうぎゅうとっちめてしまうと、相手があべこべに猛然と反撃してきますもの」

『田辺聖子長篇全集3「求婚旅行（下）」』

相手のにげ道を断たない

この人とはどうしても切れたくない、という気があるときは、相手のにげ道を断たないよう、苦心してしゃべっているのである。

『篭《かご》にりんごテーブルにお茶…』

昔のことを責めてはいかん

〈昔のことをいうてもエエが、昔のことで責めてはいかん〉

『田辺聖子全集24「桃」』

ネズミ色ぐらいでぼかしておく

「黒白をハッキリ、つけようじゃないの」

こういうのも女は好きだが、時によるとネズミ色ぐらいでぼかしておくことも必要な場合がある。りちぎで几帳面《きちょうめん》な人には辛《つら》いことだが、戦争を八分目で止めてサッと引きあげる方が賢明なときもある。

『女が愛に生きるとき』

ほんとうは別れたくないのだ

本当に、人生の根柢《こんてい》から存在をくつがえされるほどの苦しみに遭遇すれば、別れてしまう。私は「別れたいけど子供のためにがまんしている」という知人の主婦たちの言葉をきくたび、この人は、ほんとうは別れたくないのだ、と心の中で考えたりする。

『田辺聖子全集24「継母ってなに」』

離婚は「引退」ではなくリハーサル

人は離婚を「キッパリ引退」と思いやすいが、これは、お芝居のリハーサルが終ったにすぎない。離婚したことで、人はいよいよこれからが「本番」と知る。リハーサルを終えたのだから、「引退」とはいえない。

『田辺聖子全集24「引退について」』

妻の母親は気にくわぬもの

世の中には、妻の母親を敬愛し、その人柄が好きだという男もいないではないが、それは数からいうと、妻の母親が嫌いだという男よりは少ないだろう。たいていの夫は妻の母親が気にくわぬものである。

(年とってあない、なられたら、かなわん) という気があるものだ。

『田辺聖子長篇全集3「求婚旅行(下)」』

文句をいうぐらいなら、自分でやりなさい

可愛げのない、という要素には、自分のことが自分でできない生活無能力者、というのも加わる。自分で料理も掃除もできない、育児もダメ、そのくせ、洗濯のしかたがどうの、掃除がどうの、とうるさく文句をいったりする、文句をいうぐらいなら、自分でやりなさい、と女はどなりたい、そういう男は、実に、母親が作っていることが多い。

『田辺聖子全集24「男と粗大ゴミ」』

一瞬一瞬をつなぎ合わせる

男と女の仲なんて、一瞬一瞬に変化するのだ。一瞬一瞬をつなぎ合わせてるだけのものなのだ。

『田辺聖子長篇全集7「私的生活」』

苦しみ、悲しみを乗り換える知恵

人と死別したとき、愛を失ったとき

ことにその乗り換えが辛いのは、人と死別したとき、また、愛を失ったときではなかろうか。

愛する者との仲を死で裂かれる、これはたぐいもない運命の理不尽である。その人といつまでも同じ電車に乗っていられる、と思いこんでいたのに、自分だけ、乗り換え駅で乗り換えなければならない。どうしようもない。

一人で乗り換えた支線は心ぼそく淋しく辛く、いつまでも慣れない。ありし日の思い出、昔の夢に涙するばかり、あたりに気をくばる余裕もないであろう。

そのうち、ふと、涙のあい間に、窓の外の景色に目をやるようになる。外は快晴である。個人の悲しみなど知らぬ気《げ》に、晴れやかな眺め、それにふと心奪われたとき、まさにそのとき、

「乗り換え——乗り換えの方はお急ぎ願います」

という声。

悲しみからやっと立ちあがったとき、その人は、乗り換えて別の人生を生きるわけである。

『乗り換えの多い旅』

生きること自体がエラい

もともと生きること自体がエラいことなのではないか、と私は七十七年生きて思うようになった。

ラクをして世渡りできると思ってはいけない。人間はこの世に生れおちるとすぐ、神サン（か、超越者か、誰か分らない大きな存在）が、「当番」の札を人間の首にかけられる。

そう、私はにらんでるのである。この神サンは人間を「えらい目」にあわせる「えらい目当番ふりあて役」なのである。

「死にわかれ当番」

「生きわかれ当番」

「病気当番」

「災難当番」

いろいろ、七難八苦の割り振られた当番がどの人間にもあって、神サンはその当番表をにらんで、

（ホイ、歌子には会社再建当番）

という当番を割りあてられる。私は必死に働いてその当番を果す。まだその上に、

（亭主に死にわかれ当番）

とか、

（むつかしい姑にいじめられる当番）

などという当番の札を二重三重に首におかけになる。一つがすんで首からはずれると、また一つをおかけになる。

誰の首にもかかっているわけである。

『姥《うば》ときめき』

新しい行先を求めて

若さや栄光を失うとき。愛や恋や物質的欲望を失うとき。われわれは乗り換えしなければいけない。新しい行先を求めて。
たとえ乗り換えの支線が気に入らなくても、とりあえず下りなくてはいけないのだ。そして、ようく考え、新たなる別の線の電車に乗る。これもいつまで乗っていられるやら、乗り合わせた人と仲よくなったといっても、終点までいっしょにいけるのは奇蹟であろう。人はみな見知らぬ相客同士、ほんのひととき袖擦り合う縁にすぎない。

『乗り換えの多い旅』

乗り換えて生きていくのが人生

「乗り換え、乗り換え――。体力低下・気力低下線にお乗り換え願いまあす」

その連呼を耳にとめて、人ははっと我に返る。

そうか、ここで乗り換えしなくちゃならぬのだ。いつまでもこの線でいいと思っていたのは、誤りであった、ここから別の支線（それがあるいは本線・幹線かもしれぬ）に乗り換えて生きなくてはならないのだ。

人はあわてて荷物をまとめ、発車間際の電車から飛び降りるのである。

そうやって、乗り換え乗り換えして乗り継ぎしつつ、終点までやっていくのが、人間の一生なのかもしれない。

『乗り換えの多い旅』

不完全な自分をそのまま受け入れる

劣等感、ひけめは、誰もが持っているが、それは他と比較したとき、完全無欠の理想像があるときにおこるものではなかろうか。

完全さを求めるのは、若い人にありがちな性急さのためであるが、造物主の大きい眼からみれば、どれもみなある部分は不完全であり、何もかも完全、というのはあり得ない。不完全な自分をそのまま受け入れて、自分なりの完全を、新しく創造する、たたかいとってゆく、その勇気こそ、劣等感を救うものではあるまいか。劣等感に負けたり、無視しようとポーズしたりするのは、その弱味から逃げていることである。

『女が愛に生きるとき』

恋を失うことは屈辱ではない

恋を失ったときも、人は何度も乗り換えしつつ、立ち直るのではなかろうか。失恋したとき、まるで自分の全存在を否定されたように、人はショックを受け、それまでの電車から乗り換える。それは怨念・自失・屈辱感・自虐・傷心の電車であるが、そのうち必らずまた、乗り換え駅がくる。いつかふと、(恋を失ったことは不幸であっても屈辱ではない)と思ったとき、人は乗り換え駅に到着したのに気付き、電車を捨て、新しい乗りものと新しい行先へ向うのである。

『乗り換えの多い旅』

いつか自分の当番は果し終る

当番をさぼって逃げようとか、人に押しつけようとか、腹立てて突っ返そうとしたりすると、また、神サン（か、何かわからぬ、大いなる存在の超越者）は、

（太い野郎である）

というので、（当番をのがれようとしたバツの当番）の札をまた、おかけになる。

図々しくさぼったり、あつかましく人に押しつけたり、怒ったり泣いたりせぬほうがよい。

なぜなら、当番というのは、呵責《かしやく》や罰とちがう、いつか自分のぶんは果し終り、他人の番へまわるのであるから、そうおちこまないでもよい。

『姥《うば》ときめき』

すべて神サンの指のすり合せかげん

自然に任せて生きる、というけれど、自然に任せるのも才能がないとできることではない。

(そもそも才能いうたら何やろ、神サンの振る塩みたいなもんやろか)

私のあたまには、モヤモヤサンが、その太い指にひとつまみの塩をつまみ上げて、人間世界という料理の上に、ぱらりと振っていられるさまが思い浮ぶ。

塩は万遍なく、といいたいが、端のほうに強く振ったので濃くなり、片方は薄くなる。

濃く振られた人に才能はあつまり、薄く振られた人は、才能がないことになる。

すべて、神サンの指のすり合せかげん。

塩味の濃いほうが、薄いほうを馬鹿にしてはあかん、薄いほうが濃いほうをうらやんでもしょうないし。

『姥《うば》ときめき』

人生は廻り持ち

人生は廻り持ちである。

『田辺聖子全集24「小芋」』

人間には、「やむにやまれぬ」場合がある

人間には、「やむにやまれぬ」場合というものがあるのだ。
それは想像力の埒外《らちがい》へはみ出してしまう。どんな知識も想像力も、人間の行動を堰《せ》きとめる、決定的なブレーキとはならない。

『田辺聖子長篇全集3「求婚旅行（下）」』

もうアカン……と感じたとき

せっぱつまって頭に血がのぼったり、もうアカン……人生ゆきどまり、と感じたとき、

「とりあえずお昼にしよ」

と声に出していうことにする。それと、「ボチボチいこか」と組み合せると、何とか、うまく切りぬけられそうな、気がするのだけれど。


『星を撒《ま》く』

この道、ぬけられます

ちゃらんぽらんを提唱します

私は、この際、ちゃらんぽらんということをオール女性に提唱したい。お料理だって、基礎はちゃんとオーソドックスなものを習わないといけないけれど、いざ実戦になると、材料や人数のかげんで、破調をきたす。そのとき、ゆうずう無礙《むげ》なる精神で、ちゃらんぽらんにいくと、何となく片づいてしまうことがあるであろう。

『女が愛に生きるとき』

作り笑いしつつ生きてきた

生きる、ってことは、つまり、作り笑いする、ということにほかならない
——かもしれない。
考えてみると私も作り笑いしつつ生きてきた気がする。というより、人生から作り笑いを抜いたら、いたくやりにくいだろうなあ、と思う。だからみな、好むと好まざるとにかかわらず、作り笑いしなきゃ、いけない。

『風をください』

心配ごとと食欲は別である

心配ごとと食欲は別である。
食事をしてしまうと気が大きくなり、楽観的にものごとを考えたくなってくる。

『星を撒《ま》く』

考え方を、大風呂敷に

私たち女は、考え方を、もっと大風呂敷にしてみたらどうだろう。三角に折ったり、奴《やっこ》さんに折ったり、ネッカチーフに使えば風呂敷にも使い、腹巻に巻いたり汗をふいたり、タオルにしたり靴ふきにしたり、というように、ゆうずう性のある考え方を、身につけたらどうだろう。

『女が愛に生きるとき』

くよくよしないために

私は決して無責任や駄ぼらをすすめるのではないけれど、抜きさしならぬ運命の谷間に追いこまれ、進退きわまってノイローゼ一歩手前になったとき、落としものをするようにひょい、と考えを変えることができたら、らくになるのではあるまいか。

「私は何をくよくよしていたのだろう」

と自分で自分の姿を横から眺める余裕が出てくるかも知れない。

『女が愛に生きるとき』

思いこみがあると、退歩してゆく

思いこみがあっては、べつな考え方なんてできないのだ。私たち、服を考えるとき、いちばんいけないのは「思いこみ」ってこと。この年頃、この生地、この値段、みな、こうあるべき、という思いこみがあると、融通を利かせた、たのしい服は考えられない。思いこみがあると、センスも技術も退歩してゆく。

『ダンスと空想』

だけどもしや相手のいうことにも……

私たち女性は、自分が正しいわ、という緊張のあいまにふと手をぬいて、（だけどもしや相手のいうことにも……かもね？）という、弛緩《しかん》した心持ちをもたないといけないかもしれない。

『女が愛に生きるとき』

自分中心に結びつけては解消しない

いつも人間は自信満々というわけにはいかない。また、いじめられているという疑いや、誤解されている・悪意をもたれているのではないかというひがみもある。けれども、それを自分中心に結びつけているかぎり解消しない。

『女が愛に生きるとき』

苦しいことはおもろい

「苦しいことを苦しい、いうてはあかん。苦しいことはおもろいといい、おもろいことはつまらんと表現する、これがほんまのオトナじゃっ！」

『ずぼら』

意思強く、めげずおちこまず

意思強く持ち、めげずおちこまず、よくよく考えて、こうと決心したら、断固つらぬく。

『星を撒《ま》く』

この道、ぬけられます

〈この道、ぬけられます〉の札は、人生には、たくさん、いろんな所に掛っていると思えてならない。

『田辺聖子全集23「解説」』

子育てに迷ったら

牛と子供の尻は撲つき倒せばいいのだ

私にいわせれば、総体に、嫁たちの子育てがまちがっているのだ。過保護にしすぎたのだ。牛と子供の尻は撲《ど》つき倒せばいいのだ。宿題があるからといって家の手伝いもさせず、若様ではあるまいし、ハレモノにさわるように奉っているから増長するのだ。

『姥《うば》ざかり』

子供は「不良の素」「非行の素」

子供なんてタカラ子ではないのだ。誰や、子供は天使とか、神さまの子だなんていうのは。

子供は「不良の素《もと》」「非行の素《もと》」なのだ。

「味の素」ではないが、子供というのは元来、不良の芽、非行の芽、悪の芽をもってるのだ。

そいつが充分なる滋養を与えられると、ワーッと芽を出し、葉をひろげ、ふき上って悪の花、非行の花を咲かせるのだ。そいつを小さいうちから摘みとり、厳しく見守り、鞭《むち》うって矯正《きょうせい》し、やっとどうにか一人前の人間になるのである。


『姥《うば》ざかり』

子供の「ナニの時間」を設ける

親は子供に基幹的な人生の約束ごとやルール、人格の芯などを教えてやらないといけないが、人間づきあいは教えきれるものではなく、それは子供が自習すべきものが多い。それが「子供のナニ」である。親は子供の人生の時間割に、ときどき「ナニの時間」つまり自習時間として空白の欄を設けておいてやらねばならない。

『乗り換えの多い旅』

「子供のナニ」を重んじる

「コドモのナニ」にオトナが口を出したらおしまいである。このナニは、子供の人間関係であり、子供の世界宇宙であり、子供の社会そのものである。子供の築く宇宙は脆くはかないものであるけれど、それなりに大人の擬似宇宙として精巧に出来ており、子供たちの紡ぎ出す玄妙の繭のなかで、調和と均衡が保たれている。そこへオトナの息が吐きかけられると、その調和された世界はみるみる破綻し、歪《いび》つに変質してしまう。「子供のナニ」は重んじなければいけない。

『乗り換えの多い旅』

子供たちには果て知らぬ能力《ちから》が秘められている

子供たちには果て知らぬ能力《ちから》が秘められているように思うのに、いつとなく忘られ捨てられてゆく。現代はことに学力の優等生ばかりもてはやされるので、せっかくのふしぎな手わざ、能力も見出されることなく、学問と性《しょう》の合わない子供は、さぞ辛い思いをしていることであろう。

『乗り換えの多い旅』

子供の顔を立ててやる

子供は叱るべきは叱らないといけない。人間の識見、精神的背骨を叩きこんでやるために、善悪のいろはは、きちんと教えてやらねばならない。しかし、子供の顔を立ててやる、ということが必要な場合もあるのだ。

そういうとき、両親のほかの人間が家族にいると、とても子供はやりやすい。

『乗り換えの多い旅』

子供には緩衝地帯が要る

昔はよかった——というつもりではないのだが、子供たちの逃げ道があったというのはとても、子供にとって生きやすい世の中だったように思う。いじめというのも、いじめる子のほうに問題がある。学校も家庭も、子供の退路を断って、子供の心や面子《メンツ》を粉々にふみつけているからではなかろうか。退路を断たれた子供は窮鼠《きゅうそ》となって、より弱い存在にその憤懣をぶっつける。子供には緩衝《かんしょう》地帯が要るのではないか、叱られたとき、ぐうの音も出ない時に逃げこめる人があれば……と私は思う。

『乗り換えの多い旅』

子供時代は人生の基調学習

子供に、やるせなさやせつなさ、怠惰無為の甘美な情感などわからないというのは、まちがいである。

子供時代は人生の基調学習のような時代で、人生のあらゆるものが、もっともシンプルなかたちで訪れる。子供たちもしばしば、恋をする。子供の恋は、「やるせなさ」という感情になる。時間が目の前を過ぎてゆく、それを見たような感じに似ている。

もちろん、子供はそれを表現する力は持たない。持たないが感じている。

『乗り換えの多い旅』

男の子と女の子の育てかた

私は、男の子と女の子で育てかたをちがえる、というやりかたには賛成でない。

人間としての成熟に手をかす方法に、男女差別があっていいわけではない。社会生活にとけこめるように躾《しつ》ける、それにも男女同じ躾《しつけ》であるべきだ。

『田辺聖子全集24「女の子の育てかたは」』

期待外の人生を「ハズレ」と呼べようか

子供が父母ののぞむような仕事につかず、期待するような結婚をしなかったからといって「ハズレ」と呼べようか。両親はちゃんとした結婚式をあげることを思い描いてたのしみにしていたのに、娘は家を出奔して男と同棲し、そのうちやがて未婚の母となる、それは親からみれば「ハズレ」であり、子育ての敗残者、失敗者、挫折者《ざせつしゃ》であるかもしれないが、しかし、娘からいえば、「マットウ」で「アタリ」の人生を、生きつつあるかもしれないのだ。

『田辺聖子全集24「女の子の育てかたは」』

子供たちは悪しくも良くも、何度も変る

子供たちは変ってゆく。悪《あ》しくも良くも、何度も変る。手のつけられぬ状態の子供でも、何年か経《た》つと変っていく。堪えるのもこれで限界、と思っているのが、次第に変って、またもういっぺん変る、という風に子供には脱皮する節目がいくつもある。決して、いまの状態が固定的ではないのであって、

(いつかは変る、いつかは変る)

と、心の中で、呪文《じゅもん》のように唱えていて頂きたい。

『田辺聖子全集24「継母ってなに」』

親子の断絶のもと

「私はこんなに」というのが、親子の仲を断絶させるもとである。

『田辺聖子全集24「継母ってなに」』

私の夢みる将来の子供たち

私の夢みる将来の子供たちは、得手を活かして自活するすべを早く身につけ、同じに、「自分の考え」を身につけた自由人であらまほしい。

そういう人間が、自分なりの好みをもち、人生の楽しみかたに長《た》ける、それが文化の度合い、というもの、その国の文化層の厚さ、というものであろう。

『乗り換えの多い旅』

ひとりで生きてることを楽しむ

年をとることは、厭なことばかりでもない

若い人々に教えてあげられることがひとつある。年をとること、厭《いや》なことばかりでもない。

年をとることの楽しみ（楽しみなんてあるはずないわ、と思われるだろうが……）の中のひとつに、劣等感がなくなる、ということがある。もちろん若いときの劣等感は消えても中年は中年の、老年は老年の劣等感があらたに生まれてくるものであるが、そうじて、年をとると、劣等感などといった、しおらしい気持ちは消え去り、ただもうお山の大将われ一人、という傲然たる女傑ぶりを発揮するのである。

『女が愛に生きるとき』

一人で楽しめる、自力のある人間

信念と信念が、仲よくダンスをおどる、という、手に手をとり合ってダンスをするのがいいのだ。すべて人と人の関係というのは、二人でおどるようなものなのだ。

でも、それができる、っていうのは、一人でいろいろ、しゃかりきに働いたり、空想をえがいたり、要するに、一人で楽しめる、自力《じりき》のある人間でなければいけない。

一人で空想できる人間だからこそ、二人でダンスもおどれようというもの、仕事場でも税務署でも、ダンスをおどれて、あいての信念も尊重して、こっちの信念も通して、という、そういう女に、なるはずである。

『ダンスと空想』

本能のざわめきに耳をすませる

女のひとも、神さまが与えられた本能のざわめきに、ちょっと耳すませて聴く気持をもちたいものだ。若いお嬢さんたちの、結婚へ結婚へと草木もなびくという、根強い熱い結婚願望も、体の奥から呼ぶ本能のざわめきにほかならない。仕事を持ちたいという野心と本能のバランスを、女のひとは男より上手に取らねばならないので、女を生きる、ということはむつかしい。

『乗り換えの多い旅』

肌になじまないものはいやだ

対人関係の心理作戦のウソや不正直は、真実の正直に通ずるものである。こういう正直は、年を経ればおいおい習熟するとして、法律に触れる正直・不正直に於ては、私は、若い女性は絶対に正直であってほしいと思う。

女ソクラテスの物理的観念的な、断固型の正直ではなく、若い女性らしい感性的な正直さで、

「なんや、気色《きしよく》わるいいやないの」

という、肌になじまないものはいやだ、というふうな正直さを身につけてほしいと思う。

『女が愛に生きるとき』

言葉を使いこなす

オトナのいい女は、十代の子のように「やだあ。うそー。ほんとォ」ですませられない。いろんな言葉を使いこなし、方言や川柳のかくし味をつけ、比喩や形容詞で飾り、そしてその土台は、自分の実感、真実、そういうもので出来上った、天下一品の美味なケーキを人に饗応《きようおう》したいもの。

『星を撒《ま》く』

使ったことのないコトバを使ってみること

一つの、忘れていたコトバにめぐり合うと、すぐそれを手持ちカードに加えていつかまた、使うこと。

今まで使ったことのないコトバを使ってみること。

そうやって、少しずつコトバのひき出しを多くしていく。いつも同じ言葉や形容詞でなくて、何か新しい言いかたはないかと工夫してみるとか。

ほかの人の話から、その人独特の言いまわしをうかがい知るとか。

会話のおもしろみは、私は底知れぬものだと思っている。


『星を撒《ま》く』

もっとたくさん小説をよんで下さい

たべちゃいたいように好きな小説、カバーをつけてお化粧して、撫でさすらずにはいられない小説、そんな深いよろこびを味わったことのない人は不幸だから、もっとたくさん小説をよんで下さい。我田引水《がでんいんすい》と笑われてもよい、本を愛する女のひとの眼は、深く澄んでいるものである。

『篭《かご》にりんご テーブルにお茶…』

ヒトリ立チしていること

ひとりで店へ入る、ひとりで町をあるく、ということは、女がその町なり店なりを、つかいこなすことであろう。つかいこなす、というのは、ヒトリ立チしていないとできないが、いろんなものを、いろんな風に使いこなさないと、いつまでもこの世の中の居候《いそうろう》のような気分でいることになる。

『姥《うば》ときめき』

エエ気になってたら、あかん

みんなにチヤホヤされて美人や別嬪《べっぴん》やいわれてエエ気になってたら、あかんで。自分のすることが、いつも正しい、まちがいないいう気ィが外へ出たら、女は鼻持ちならんようになるねん。

『田辺聖子長篇全集2「求婚旅行（上）」』

女はクサってはならぬ

女はクサってはならぬ

誰もほめてくれなくても、そして誰も、無言の讃美のまなざしを送ってくれなくても、女はクサってはならぬ。自分を見失わず、自分を見放さず、自分自身に自信をひそかにもって、生活しなくてはいけない。

きっと、そういう女には、ほんとうの讃美者が現われる。まだ、めぐりあっていないだけなのだ。

『女が愛に生きるとき』

結婚の呪縛

結婚の呪縛《じゅばく》から解放されると、人生は相応に、女にも面白いのである。

『田辺聖子全集16「金魚のうろこ」』

独身にはめったになれんのやからね

「早い、遅い、がどっちが幸福か、それはわからん。しかし、結婚はいつでもできる。独身にはめったになれんのやからね。その点、後悔のないように考えな、あかんで」

『田辺聖子長篇全集2「求婚旅行（上）」』

腰をすえて待ちなさい

一点豪華主義を男にきめる、という女の人生もあるのだ、ということ。そのつもりになれば、めぐりあうまで腰をすえて待ちなさい。

『篭《かご》にりんごテーブルにお茶…』

一点豪華主義のタカラモノ

ただ面白く思うのは、男を一点豪華主義にえらんだ場合……鏡台や宝石とちがい、他人が見ても価値のない場合が多いことだ。人さまからごらんになれば、「あれが、ねえ……」と絶句するような男が、その女にとっては一点豪華主義のタカラモノであるところ、人間というのは、とてももたのしく、いいものである。いや、男と女というものは、というべきか。

『篭《かご》にりんご テーブルにお茶…』

どういう感じの女になるか

私の思うのに、二十六、七から先の女は、もうあるがままの自分ではやっていけなくなる。

こういう女になろうと、自分に似つかわしく設計して少しずつ、それに近づくように矯《た》めたり修練したりしてゆく、それを、わたしはひそかに、

（年齢化粧）

とよんでいた。白粉《おしろい》や口紅の化粧だけでなく、

（どういう感じの女になるか）

というのを、いつも考えていなければいけない、と私は考えていた。

『孤独な夜のココア』

ほめ言葉を分析できるチエ

女はほめられ上手にならなければいけないと思う。ほめられて得意になるのは仕方ないとして、ほめ言葉を分析できるだけの女のチエは持たなければいけない。

『女が愛に生きるとき』

人生の楽しみは自分で握る

女も、三十になれば、親向きの顔と世間向きの顔（それは男向きということでもある）とふた通りくらいは持たなければ、女商売は張っていけない。（中略）親離れできないから男も作れないという、ぶさいくなことはせず、自分の人生の楽しみは自分で「握って」いるのである。

『田辺聖子全集16「見さかいもなく」』

欠点、即、魅力

欠点、即、魅力、と私は思っているのだが、なぜか、世間の大方のお化粧指導は欠点をカバーする方法がとられている。

そういうメーキャップであると、どの人も千篇一律《せんぺんいちりつ》に同じ顔にみえるのではないかと思われるが、果してこのごろの若い女性は、みな同じような顔になっている。

みんな美人になるのはいいが、みんな同じ顔になってはつまらない。

『星を撒《ま》く』

女の子は、みんなかわいらしい

夜の若者向け番組のテレビをみていたら、「私はブスで、そのことが悲しくて落ちこんでいる。救いはない気がする。どうしたらいいですか」という若い女の子の悩みがとりあげられており、司会の鶴瓶《つるべ》サンが、

「女の子は僕からみると、みんなかわいらしいのに。ブスなんか一人もおらへんよ」

といっていた。私も全く同感である。

『星を撒《ま》く』

心を広うに

「ま、それより、女の子ちゅうもんは、自分だけの、せまァい考えで物ごとを断定し勝ちやけど、心を広うに考えな、あかんで」

『田辺聖子長篇全集２「求婚旅行（上）」』

イライラしてたら……

あンなあ、そないイライラしてたら、化粧品の効き目ないデ。

『田辺聖子全集16「ラストオーダー」』

人間は、どこか愛らしく

「人間は、どこか愛らしいトコがないとあかんよ、とくに女は、そうやしィ」

『ダンスと空想』

返事より先に腰あげる！

「女の子は気を利かせて！　腰かるく！　名前を呼ばれたら、返事より先に腰あげる！」

『姥《うば》ざかり』

たくましいでェ。すばやいでェ。たのもしいでェ。

誰や、女はかよわいもの、なんていう奴。
たくましいでェ。すばやいでェ。
しかもたのもしいでェ。

『宮本武蔵をくどく法』

老いに向うとき

老いの哲学、死生観

若いときには思いも染めなかった〈老い〉に近づくにつれ、老いの哲学や死生観というものは、実は人間の若いときから無意識に蓄積されているものだ、という感を深くする。

『ほととぎすを待ちながら』

老いに向うとき

ああでもない、こうでもないと試行錯誤をくりかえしつつ、人は老いに向きあい、死の何たるか、生の何たるか、自分の生涯の何たるかを静かに思い重ねるのであろう。されば老いに向うときに、その人のすべてが出る、といっても過言ではないように思われる。そしてこういうものは、どれが正しい、正しくない、というものでもなく、その人なりの今までの生き方、その生き方をもたらした複雑な人間関係、祖先からの業《ごう》（というほかないようなもの）が微妙に絡み合って出てきた答えであるので、どうしようもないところがある。

『ほととぎすを待ちながら』

先達の老いを見る

「老い」というものは、先達《せんだつ》の姿を見ているのといないのとでは、大いに違う、と私はつくづく思った。社会に高齢者がふえたので、老いに関する情報は氾濫しているが文字や映像から得る情報というのは、なま身の人間にとって所詮、過ぎゆく風のようなものである。

目の前に先達の老いを見るほど、実感されるものはない。自分がその年齢に追いつき、忠実に先輩のあとを踏襲していると気付いたとき、生きた人生を納得させられるものがある。厳粛な気分に打たれ、老いに正面切って向き合う。

これがはじめて「老い」に、先達なしに向きあったら、どんなに混乱し、狼狽し、収拾のつかぬ思いを味わい、悲嘆のどん底に落されることであろうか。

生きてゆく勇気を失い、必要以上に自信をなくして（それは今まで自信のあった人ほど、ひどいであろう）そのことばかりにかかずらわってしまい、貴重な晩年の時間をむざむざ浪費するかもしれない。


『乗り換えの多い旅』

手持ちのカードで勝負する

若いときのような持久力、瞬発力が失なわれた、または、美貌が褪《あ》せた、と嘆く人もあるだろうが、失なわれたものを取り返そうと思うと、これは「しんどい」ことである。去りゆく一瞬一瞬を、身を揉んで呼びとめ、追いすがり、「行かないで！」と泣訴《きゅうそ》哀願すれば、その分、エネルギーを消耗し、精神的におちこんでしまう。

それよりも、あとへ残されたもので勝負する、日々少なくなるカードを切り直し切り直し、手持ちのカードだけで何とかやりくりするほうがよい。

『乗り換えの多い旅』

老いたるシルシ

自分のしゃべるのを人が黙って聞いてくれている、その怖さ、面目なさ、申しわけなさ、ありがたさ、嬉しさ、勿体なさ、を、気付かないでいるのは老いたるシルシである。

『乗り換えの多い旅』

思いこみ難聴

中年の男には（中年女もそうかもしれないけど）「思いこみ難聴」というのがあるものである。顔が見えないでしゃべっている電話には、お互い、相手のコトバに耳をかさず話しつづける「電話難聴」というのがあるけれど、あれは顔や表情が見えないのだから、しかたがない、しかし中年の「思いこみ難聴」は、相手を憮然とさせるところに特徴がある。

『ダンスと空想』

老いの我執

老いると性格がかどかどしくなりやすく、人を責めたくなる。念を押したくなる。いっぺんいっただけではすまず、二へん三べん、念を押して言いたくなる。そこで、

「ア、もうそれは聞いた、何べんいうねん」

と遮《さえぎ》ってくれる人間がいればいいが、遮る熱意ももはや持ち合せない人々が多くなる、それが老年というものであるから、老人は、周囲が耳を傾けようが傾けるまいが、同じことをいう。この、念を押したくなる、ということも老いの我執《がしゅう》の一つである。

『乗り換えの多い旅』

老成というウソ

老成というが、あれはウソである。

まあ、ある点までは人間も老熟するであろう。職業的にも練達し、教養も磨きがかかり、人間観照、人間洞察力も深みを加え、器量も大きくなるかもしれぬ。

しかしその時点からもっとすすむと、あるときから鍍金《メッキ》は剝《は》げはじめるのではないかと私は疑っている。蓄積した知識は銹《さ》びつき、教養はストンとずり落ち、洞察力は偏見と独断で曇るのではないか。

『天窓に雀のあしあと』

若さからの引退

私たちは一縷《いちる》の若さを「ほそぼそ」保ちつつ、やがて夕焼雲の彩りが次第に褪《あ》せるように若さを失っていく、内心はマゴマゴしつつ、うわべはまだ突っ張っているが、自分では若さを失いつつあることを、よく知っている。

しかし「若さ」から「いさぎよく引退」はしたくない、また、人にもそう思われたくない、その矛盾に不安をおぼえつつ、虚勢を張らずにいられない、そのへんのマゴマゴぶりに私は何ともいえぬ人間の旨味《うまみ》を見出《みいだ》す。男も女も、そのへんに色気があるといってもよい。

『田辺聖子全集24「引退について」』

このへんでおひらきに

死別のときにも、人は自分を置いて先に旅立った人に向って、「名残りはつきませんが……」といえるであろうか。その人と過した人生の歓会《パーティ》は終った。これはふつうのパーティとちがい、大いなる超越者がパーティの終了を無言で示される。待って下さいということはいえない。私たちは、いつかはそんな時がくるとは知っている。しかし「昨日今日とは思はざりしを」である。このパーティの終りだけはなかなか、あきらめきれない。

それでもなお、

「名残りはつきませんが、そろそろきめられたときが近づいてしまいました。このへんでおひらきに」

というコトバが、私たちの頭に思い浮ぶのと、そんなことは思いも染めないのとでは、いささかちがうかもしれない。

『星を撒《ま》く』

人生のいいところ

「老い」は、人が望むと否《いな》とにかかわらず、「いつのまにか」「スーッと」やってくる。始末がわるい。

「老い」ばかりは、「キッパリ」「いさぎよく」というわけにいかないので、「いつとなく」「スーッと」老いてしまう。若さからキッパリ引退はできないで、「いつとなく」「スーッと」若さを失う。

そのへんの無残な曖昧《あいまい》ぶりは、私には、きわめて人間らしいことに思われる。人生には「決して」という言葉は、ためらわずにはいわれないものがあるのと同じく「ジワジワと」「ナアナアのうちに」変貌《へんぼう》し、移ろうものがある、そこが人生のいいところでもあるような気がする。

『田辺聖子全集24「引退について」』

老いてこそ上機嫌

先のとりこし苦労をせず

お心にまかせて、先のとりこし苦労をせず、昔のことは忘れて、今を元気にたのしく、というのが私の方針である。

『姥《うば》ときめき』

年齢に関係ありません

〈可愛らしさ〉は年齢に関係ない。

『田辺聖子全集5「解説」』

きらいなものはきらい

七十六にもなって、きらいなものはきらい、とはっきりいってどこが悪い。

『姥《うば》ざかり』

トクになることだけ、おぼえておく

ある時期、モロモロの思い出をさっぱり忘れはてて、命のせんたくをすることも、時には必要なことだろう。
そうして楽しいことや嬉しいこと、自分がおぼえていて、トクになることだけ、おぼえておく。

『女が愛に生きるとき』

自分で自分を敬う

年をとれば、自分で自分を敬わなければいけない。自分がへりくだってつつしむのはほんとに好きな人、尊敬できる人の前だけである。私ゃ、この年まで、おべんちゃらをいったり、お上手でごまかしたり持ち上げたりしたくないのだ。

『姥《うば》ざかり』

命も体もかりもんや

「あたしの健康法てべつにないけど、ま、どっちかといや、歩くことやな、電車やバスに乗ったり、それがいちばんの健康法で、お金もかからへん。まあ、命も体もかりもんやよってな」

『姥《うば》勝手』

人生最後のうれしい相棒は

若い女のひとは、惑わされてはいけないのだ。人生の最後まで、たのしめて、「おもしろかったネー」「じゃまた。バイバイ」と、たがいにそれぞれの棺へ入り、フタをしめることのできる、そんなうれしい相棒は、男なのだ。子供ではないのだ。

『篭《かご》にりんご テーブルにお茶…』

はい、そこまで

神サマが〈はい、そこまで。こっちへおいで〉といわれたとき、ハイ、と答えてすぐ出かけなければいけない。たのしい思い出、うれしい思い出ばかりの人はそれができよう。私も、そうありたいと思っている。

『手のなかの虹』

忘れてしまえば、ないのと一緒

〈苦労は忘れてしまえば、元々ないのと一緒じゃ〉

『田辺聖子全集24「桃」』

過ぎしこと、〈まあ、まあ〉よし

過ぎしこと、〈まあ、まあ〉よし。

『田辺聖子全集24「解説」』

『老いてこそ上機嫌』出典一覧

『姥《うば》うかれ』（新潮文庫）
『姥《うば》勝手』（新潮文庫）
『姥《うば》ざかり』（新潮文庫）
『姥《うば》ときめき』（新潮文庫）
『女が愛に生きるとき』（講談社文庫）
『篭《かご》にりんごテーブルにお茶…』（角川文庫）
『風をください』（集英社文庫）
『孤独な夜のココア』（新潮文庫）
『ずぼら』（光文社文庫）
『田辺聖子全集5』（集英社）
『田辺聖子全集16』（集英社）
『田辺聖子全集17』（集英社）
『田辺聖子全集23』（集英社）
『田辺聖子全集24』（集英社）
『田辺聖子長篇全集2』（文藝春秋）
『田辺聖子長篇全集3』（文藝春秋）
『田辺聖子長篇全集7』（文藝春秋）
『田辺聖子長篇全集14』（文藝春秋）
『ダンスと空想』（文春文庫）
『手のなかの虹』（文化出版局）
『天窓に雀のあしあと』（中公文庫）
『乗り換えの多い旅』（集英社文庫）
『ブス愚痴録』（文春文庫）
『星を撒《ま》く』（角川文庫）
『ほととぎすを待ちながら』（中公文庫）
『宮本武蔵をくどく法』（講談社文庫）
『夜あけのさよなら』（新潮文庫）

（以上、五十音順）

単行本　二〇一〇年一月　海竜社刊

DTP制作　エヴリ・シンク

文春文庫

老《お》いてこそ上《じょう》機嫌《きげん》

定価はカバーに表示してあります

2017年5月10日　第1刷
2023年7月25日　第4刷

著　者　田《た》辺《なべ》聖《せい》子《こ》
発行者　大沼貴之
発行所　株式会社 文藝春秋

東京都千代田区紀尾井町 3-23　〒102-8008
TEL 03・3265・1211㈹
文藝春秋ホームページ　http://www.bunshun.co.jp

落丁、乱丁本は、お手数ですが小社製作部宛お送り下さい。送料小社負担でお取替致します。

印刷・凸版印刷　製本・加藤製本

Printed in Japan
ISBN978-4-16-790859-1

（　）内は解説者。品切の節はご容赦下さい。

田辺聖子
女は太もも
エッセイベストセレクション1

オンナの性欲、夜這いのルールから名器・名刀の考察まで。切実な男女のエロの問題が、お聖さんの深い言葉でこれでもかと綴られる。爆笑、のちしみじみの名エッセイ集。（酒井順子）

た-3-47

田辺聖子
おちくぼ物語

継母にいじめられて育ったおちくぼ姫。ある日都で評判の貴公子・右近少将が姫の噂を聞きつけて……。美しく心優しい姫君と純愛を貫こうとする少将とのシンデレラストーリー。（美内すずえ）

た-3-50

田辺聖子
とりかえばや物語

権大納言家の若君と姫君には秘密があった！　実はこの異母兄妹、若君は女の子、姫君は男の子。立場を取り替えて宮中デビューした二人の、痛快平安ラブコメディ。（里中満智子）

た-3-51

田辺聖子
老いてこそ上機嫌

「80だろうが、90だろうが屁とも思っておらぬ」と豪語するお聖さんももうすぐ90歳。２００を超える作品の中から厳選した、短くて面白くて心の奥に響く言葉ばかりを集めました。

た-3-54

田辺聖子
おいしいものと恋のはなし

別れた恋人と食べるアツアツの葱やき、女友達の恋の悩みを聞きながら食べる焼肉……男女の仲に欠かせない「おいしい料理」と「恋」は表裏一体。せつなくてちょっとビターな9つの恋物語。

た-3-56

田辺聖子
王朝懶夢譚

「イケメンの貴公子と恋をしたい」と願う月冴姫の前に妖怪たちが現れた！　天狗や狐、河童、半魚人……彼らの助けを借りながら、運命の恋に突き進むヒロインの平安ファンタジー。（木原敏江）

た-3-57

田辺聖子
上機嫌な言葉366日

人生を愉しむ達人・お聖さんのチャーミングな言葉366。白黒つけない曖昧な部分にこそ宿るオトナの智恵が、硬い頭と心を解きほぐしてくれる。人生で一番すてきなものは、上機嫌！

た-3-58

（　）内は解説者。品切の節はご容赦下さい。

安野光雅
絵のある自伝
昭和を生きた著者が出会い、別れていった人々との思い出をユーモア溢れる文章と柔らかな水彩画で綴る初の自伝。心温まる追憶は時代の空気を浮かび上がらせ、読む者の胸に迫る。
あ-9-7

阿川佐和子
いつもひとりで
ジャズ、エステ、旅行に食事。相変わらずパワフルに日々を送るアガワの大人気エッセイ集。幼い頃の予定を大幅に変更して今後は「いつもひとり」の覚悟をしつつ……？　（三宮麻由子）
あ-23-12

阿川佐和子
バイバイバブリー
根がケチなアガワ、バブル時代の思い出といえば…。あのフワフワと落ち着きのなかった時を経て沢山の失敗もしたから分かる、今のシアワセ。共感あるあるの、痛快エッセイ！
あ-23-27

浅田次郎
君は嘘つきだから、小説家にでもなればいい
裕福だった子供時代、一家離散の日々で身につけた習慣、二人の母のこと、競馬、小説。作家・浅田次郎を作った人生の諸事が綴られた文章に酔いしれる、珠玉のエッセイ集。
あ-39-14

浅田次郎
かわいい自分には旅をさせよ
京都、北京、パリ……誰のためでもなく自分のために旅をし、日本を危うくする「男の不在」を憂う。旅の極意と人生指南がつまった、笑いと涙の極上エッセイ集。幻の短篇、特別収録。
あ-39-15

安野モヨコ
食べ物連載
くいいじ
激しく〆切中でもやっぱり美味しいものが食べたい！　昼ごはんを食べながら夕食の献立を考える食いしん坊な漫画家・安野モヨコが、どうにも止まらないくいいじを描いたエッセイ集。
あ-57-2

朝井リョウ
時をかけるゆとり
カットモデルを務めれば顔の長さに難癖つけられ、マックで休憩すれば黒タイツおじさんに英語の発音を直され。『学生時代にやらなくてもいい20のこと』改題の完全版。　（光原百合）
あ-68-1

（　）内は解説者。品切の節はご容赦下さい。

朝井リョウ
風と共にゆとりぬ
レンタル彼氏との対決、会社員時代のポンコツぶり、ハワイへの家族旅行、困難な私服選び、税理士の結婚式での本気の余興、壮絶な痔瘻手術体験など、ゆとり世代の日常を描くエッセイ。
あ-68-4

安西水丸
ちいさな城下町
有名無名を問わず、水丸さんが惹かれてやまなかった村上市・行田市・中津市・高梁市など二十一の城下町。歴史的事件や人物の逸話、四コマ漫画も読んで楽しい旅エッセイ。（松平定知）
あ-73-1

赤塚隆二
清張鉄道1万3500キロ
「点と線」「ゼロの焦点」などの松本清張作品を「乗り鉄」の視点で徹底研究。作中の誰が、どの路線に最初に乗ったのかという「初乗り」から昭和の日本が見えてくる。（酒井順子）
あ-89-1

五木寛之
杖ことば
心に残る、支えになっている諺や格言をもとにした、著者初の語り下ろしエッセイ。心が折れそうなとき、災難がふりかかってきたとき、老後の不安におしつぶされそうなときに読みたい一冊。
い-1-36

井上ひさし
ボローニャ紀行
文化による都市再生のモデルとして名高いイタリアの小都市ボローニャ。街を訪れた著者は、人々が力を合わせ理想を追う姿を見つめ、思索を深める。豊かな文明論的エセー。（小森陽一）
い-3-29

池波正太郎
夜明けのブランデー
映画や演劇、万年筆に帽子、食べもの日記や酒のこと。週刊文春に連載されたショート・エッセイを著者直筆の絵とともに楽しめる穏やかな老熟の日々が綴られた池波版絵日記。（池内　紀）
い-4-90

池波正太郎
ル・パスタン
人生の味わいは「暇」にある。可愛がってくれた曾祖母、「万惣」のホットケーキ、フランスの村へジャン・ルノアールの墓参り。「心の杖」を画と文で描く晩年の名エッセイ。（彭　理恵）
い-4-136

（　）内は解説者。品切の節はご容赦下さい。

伊集院静の流儀
伊集院　静

危機の時代を、ほんとうの「大人」として生きるために――。今もっとも注目を集める作家の魅力を凝縮したベストセラーが待望の文庫化。エッセイ、対論、箴言集、等々。ファン必携の一冊。

い-26-18

文字に美はありや。
伊集院　静

文字に美しい、美しくないということが本当にあるのか。〝書聖〟王羲之に始まり、戦国武将や幕末の偉人、作家や芸人ら有名人から書道ロボットまで、歴代の名筆をたどり考察する。

い-26-26

切腹考
鷗外先生とわたし
伊藤比呂美

前夫と別れ熊本から渡米し、イギリス人の夫を看取るまで。生きる死ぬるの仏教の世界に身を浸し、生を曝してきた詩人が鷗外を道連れに編む、無常の世を生きるための文学。（姜　信子）

い-99-2

姉・米原万里
井上ユリ

プラハのソビエト学校で少女時代を共に過ごした三歳下の妹が、食べものの記憶を通して綴る姉の思い出。初めて明かされる名エッセイの舞台裏。初公開の秘蔵写真多数掲載。（福岡伸一）

い-104-1

ウエザ・リポート　見上げた空の色
宇江佐真理

鬼平から蠣崎波響など歴史上の人物、私淑する先輩作家、大好きな本、地元函館での衣食住、そして還暦を過ぎて思いがけず得た病のことなど。文庫化にあたり、「私の乳癌リポート」を収録。

う-11-20

おひとりさまの老後
上野千鶴子

結婚していてもしてなくても、最後は必ずひとりになる。でも、智恵と工夫さえあれば、老後のひとり暮らしは怖くない。80万部のベストセラー、待望の文庫化！（角田光代）

う-28-1

ひとりの午後に
上野千鶴子

世間知らずだった子供時代、孤独を抱えて生きていた十代のころ……。著者の知られざる生い立ちや内面を、抑制された筆致で綴ったエッセイ集。（伊藤比呂美）

う-28-3

（　）内は解説者。品切の節はご容赦下さい。

内田洋子
ジーノの家
イタリア10景

イタリア人は人間の見本かもしれない——在イタリア三十年の著者が目にしたかの国の魅力溢れる人間達。忘れえぬ出会いや情景をこの上ない端正な文章で描ききるエッセイ。（松田哲夫）

う-30-1

内田洋子
ロベルトからの手紙

俳優の夫との思い出を守り続ける老女、弟を想う働き者の姉たち、無職で引きこもりの息子を案じる母——イタリアの様々な家族の形とほろ苦い人生を端正に描く随筆集。（平松洋子）

う-30-2

遠藤周作
生き上手 死に上手

死ぬ時は死ぬがよし……だれもがこんな境地で死を迎えたい。でも死はひたすら恐い。だからこそ死に稽古が必要になる。周作先生が自らの失敗談を交えて贈る人生セミナー。（矢代静一）

え-1-12

江國香織
やわらかなレタス

ひとつの言葉から広がる無限のイメージ——。江國さんの手にかかると、日々のささいな出来事さえも、キラキラ輝いて見えだします。読者を不思議な世界にいざなう、待望のエッセイ集。

え-10-3

小川洋子
とにかく散歩いたしましょう

ハダカデバネズミとの心躍る対面、同郷のフィギュアスケーターの演技を見て流す涙、そして永眠した愛犬ラブと暮らした日々。創作の源泉を明かす珠玉のエッセイ46篇。（津村記久子）

お-17-4

岡田光世
ニューヨークのとけない魔法

東京とニューヨーク。同じ大都会の孤独でもこんなに違う。お節介で、図々しくて、孤独な人たち。でもどうしようもなく惹きつけられてしまうニューヨークの魔法とは？（立花珠樹）

お-41-1

大宮エリー
生きるコント

毎日、真面目に生きているつもりなのに……なぜか、すべてがコントになってしまう人生。作家・大宮エリーのデビュー作となった、大笑いのあとほろりとくる悲喜劇エッセイ。（片桐　仁）

お-51-1

（　）内は解説者。品切の節はご容赦下さい。

尾崎世界観
苦汁100%
初小説が文壇を驚愕させた尾崎世界観の日常と非日常。文庫化に際し、クリープハイプ結成10周年ライブがコロナ禍で中止になった最中の最新日記を大幅加筆。苦味と旨味が増してます！

お-76-2

尾崎世界観
苦汁200%　濃縮還元
尾崎世界観の赤裸々日記、絶頂の第2弾。文庫化にあたり「芥川賞候補ウッキウ記」2万字書き下ろし。「情熱大陸」に密着され、『母影』が芥川賞にノミネートされた怒濤の日を加筆。

お-76-3

岡田　育
ハジの多い人生　ストロング
痴漢だらけの満員電車で女子校へ通った九〇年代、メガネ男子や献血、自らの大足が気になり、三十路でタカラヅカに開眼。世界の端でつぶやく著者会心のデビュー作。（宇垣美里）
お-78-1

開高　健
私の釣魚大全
まずミミズを掘ることからはじまり、メコン川でカチョックという変な魚を一尾釣ることに至る国際的な釣りのはなしと、井伏鱒二氏が鱒を釣る話など、楽しさあふれる極上エッセイ。

か-1-2

角田光代
なんでわざわざ中年体育
中年たちは皆、運動を始める。フルマラソンに山登り、ボルダリング、アウトドアヨガ。インドア派を自認する人気作家が果敢に様々なスポーツに挑戦した爆笑と共感の傑作エッセイ。

か-32-16

加納朋子
無菌病棟より愛をこめて
愛してくれる人がいるから、なるべく死なないように頑張ろう。急性白血病の告知を受け仕事も家族も放り出しての緊急入院、抗癌剤治療、骨髄移植——人気作家が綴る涙と笑いの闘病記。

か-33-5

川上未映子
きみは赤ちゃん
35歳で初めての出産。それは試練の連続だった！　芥川賞作家の鋭い観察眼で「妊娠・出産・育児」という大事業の現実を率直に描き、多くの涙と共感を呼んだベストセラー異色エッセイ。

か-51-4

（　）内は解説者。品切の節はご容赦下さい。

河野裕子・永田和宏
たとへば君《きみ》 四十年の恋歌
乳がんで亡くなった歌人の河野裕子さん。大学時代の出会いから、結婚、子育て、発病、そして死。先立つ妻と見守り続けた夫。交わした愛の歌380首とエッセイ。（川本三郎）
か-64-1

河野裕子・永田和宏・その家族
家族の歌 河野裕子の死を見つめて
母・河野裕子の死をはさんで二年にわたって続けられた、歌人家族によるリレーエッセー。孫たちのこと、娘の結婚、子どものころの思い出……。そのすべてが胸をうつ。（永田　紅）
か-64-2

角幡唯介
探検家の憂鬱
チベットから富士山、北極……。「生のぎりぎりの淵をのぞき見ても、もっと行けたんじゃないかと思ってしまう」探検家・角幡唯介にとって、生きるとは何か。孤高のエッセイ集。
か-67-1

角幡唯介
探検家の事情
本屋大賞ノンフィクション本大賞受賞など最注目の探検家が「実は私、本当はイケナイ人間なんです」と明かすエッセイ。宮坂学ヤフー会長との「脱システム」を巡る対談も収録。
か-67-2

季刊「新そば」編
そばと私
半世紀以上の歴史を誇る「新そば」に掲載された「そば随筆」の中から67編を集める。秋山徳蔵、赤塚不二夫、永井龍男、若尾文子など、日本を代表する人々のそば愛香る決定版。
き-43-1

黒柳徹子
チャックより愛をこめて
長い休みも海外生活も一人暮らしも何もかもが初めての経験。NY留学の1年を喜怒哀楽いっぱいに描いた初エッセイが新装版に。インスタグラムで話題となった当時の写真も多数収録。
く-2-3

高橋順子
夫・車谷長吉
直木賞受賞作『赤目四十八瀧心中未遂』で知られる異色の私小説作家の求愛を受け容れ、最後まで妻として支え抜いた詩人が回想する桁外れな夫婦の姿。講談社エッセイ賞受賞。（角田光代）
く-19-50

（　）内は解説者。品切の節はご容赦下さい。

宮藤官九郎
え、なんでまた？
『あまちゃん』から『11人もいる！』まで、あの名セリフはここで生まれた！　宮藤官九郎が撮影現場や日常生活で出会った名＆迷セリフについて綴ったエッセイ集。（岡田惠和）
く-34-4

小林秀雄
考えるヒント
常識、漫画、良心、歴史、役者、ヒットラーと悪魔、平家物語などの項目を収めた「考えるヒント」に随想「四季」を加え、「ソヴェットの旅」を付した明快達意の随筆集。（江藤　淳）
こ-1-8

小林秀雄
考えるヒント2
忠臣蔵、学問、考えるという事、ヒューマニズム、還暦、哲学、天命を知るとは、歴史、など十二篇に「常識について」を併載して、いま改めて考えることの愉悦を教える。（江藤　淳）
こ-1-9

小林信彦
生還
自宅で脳梗塞を起こした、八十四歳の私。入院・転院・リハビリ・帰宅・骨折・再入院を繰り返す私は本当に治癒していくのか？　人生でもっとも死に近づいた日々を記した執念の闘病記。
こ-6-39

佐藤愛子
我が老後
妊娠中の娘から二羽のインコを預かったのが受難の始まり。さらに仔犬、孫の面倒まで押しつけられ、平穏な生活はぶちこわし。ああ、我が老後は日々これ闘いなのだ。痛快抱腹エッセイ。
さ-18-2

佐藤愛子
冥途のお客
岐阜の幽霊住宅で江原啓之氏が見たもの、狐霊憑依事件、金縛り体験記、霊能者の優劣……。「この世よりもあの世の友が多くなってしまった」著者の、怖くて切ない霊との交遊録、第二弾。
さ-18-13

西原理恵子
洗えば使える
泥名言
サイバラが出会った（いろんな意味で）どうかしている人たちが放った、エグくて笑えてじ～んとする言葉たち。そのままじゃ食えなくても洗えば使える、煮込めば味が出る！（壇　蜜）
さ-73-1

（　）内は解説者。品切の節はご容赦下さい。

司馬遼太郎
余話として
竜馬の「許婚者」の墓に刻まれた言葉、西郷さんの本当の名前——。歴史の大家がふとした時に漏らしたこぼれ話や、名作の舞台裏をまとめた、壮大で愉快なエッセイ集。（白川浩司）
し-1-139

東海林さだお
ゆで卵の丸かじり
ゆで卵を食べる時、最初にかぶりつくのは丸い方から？　白身と黄身のバランスから何口で食べ終えるのが正しい？「食」への好奇心はいまだ衰えず。大人気シリーズ第33弾！（久住昌之）
し-6-83

東海林さだお
ガン入院オロオロ日記
「ガンですね」医師に突然告げられガーンとなったショージ君。病院食・ヨレヨレパジャマ・点滴のガラガラ。四十日の入院生活が始まった！　他、ミリメシ、肉フェスなど。（池内　紀）
し-6-93

東海林さだお
ざんねんな食べ物事典
食べ物に漂う〝ざんねん〟を鋭く見抜いて検証する表題作から、誰も研究しなかった「ラーメン行動学」、インスタントラーメン60年史まで。爆笑必至のエッセイ集。（長田昭二）
し-6-97

塩野七生
男の肖像
ペリクレス、アレクサンダー大王、カエサル、北条時宗、織田信長、ナポレオン、西郷隆盛、チャーチル……歴史を動かした不世出の英雄たちに、いま学ぶべきこととは？（楠木　建）
し-24-4

塩野七生
男たちへ
フツウの男をフツウでない男にするための54章
男の色気はうなじに出る、薄毛も肥満も終わりにあらず。成功する男の4つの条件、上手に老いる10の戦術など、本当の大人になるための、喝とユーモアに溢れた指南書。（開沼　博）
し-24-5

塩野七生
再び男たちへ
フツウであることに満足できなくなった男のための63章
内憂外患の現代日本。人材は枯渇したのか、政治改革はなぜ成功しないのか、いま求められる指導者とは？　身近な話題から国際問題まで、日本の「大人たち」へ贈る警世の書。（中野　翠）
し-24-6

（　）内は解説者。品切の節はご容赦下さい。

ジェーン・スー
女の甲冑、着たり脱いだり毎日が戦なり。
「都会で働く大人の女」でありたい！　そのために、今日も心と体を武装する。ややこしき自意識と世間の目に翻弄されながら、日々を果敢かつ不毛に戦うエッセイ集。（中野信子）
し-66-1

新保信長
字が汚い！
自分の字の汚さに今更ながら愕然とした著者が古今東西の悪筆を調べまくった世界初、ヘタ字をめぐる右往左往ルポ！　果たして、50年以上ヘタだった字は上手くなるのか？（北尾トロ）
し-68-1

須賀敦子
コルシア書店の仲間たち
ミラノで理想の共同体を夢みて設立されたコルシア書店に仲間として迎えられた著者。そこに出入りする友人たち、貴族の世界などを、深くやわらかい筆致で描いた名作エッセイ。（松山　巖）
す-8-1

須賀敦子
ヴェネツィアの宿
父や母、人生の途上に現れては消えた人々が織りなす様々なドラマ。「ヴェネツィアの宿」「夏のおわり」「寄宿学校」「カティアが歩いた道」等、最も美しい文章で綴られた十二篇。（関川夏央）
す-8-2

水道橋博士
藝人春秋
北野武、松本人志、そのまんま東……今を時めく芸人たちを、博士ならではの鋭く愛情に満ちた目で描き、ベストセラーとなった藝人論。有吉弘行論を文庫版特別収録。（若林正恭）
す-20-1

水道橋博士
藝人春秋2
ハカセより愛をこめて
博士がスパイとして芸能界に潜入し、橋下徹からリリー・フランキー、タモリまで、浮き沈みの激しい世界の怪人奇人18名を濃厚に描く抱腹絶倒ノンフィクション。（ダースレイダー）
す-20-2

先崎　学
うつ病九段
プロ棋士が将棋を失くした一年間
空前の将棋ブームの陰で、その棋士はうつ病と闘っていた。孤独の苦しみ、将棋が指せなくなるという恐怖、復帰への焦り……。発症から回復までを綴った心揺さぶる手記。（佐藤　優）
せ-6-2